초담화

초담화

글쓴이 / 지도 스님
펴낸이 / 孫貞順
펴낸곳 / 모아드림

1판 1쇄 / 2009년 7월 22일

서울 서대문구 북아현3동 1-1278
전화 / 365-8111~2
팩시밀리 / 365-8110
E-mail / morebook@morebook.co.kr
http://www.morebook.co.kr
등록번호 / 제2-2264호(1996.10.24)

ⓒ지도 스님
ISBN 978-89-5664-127-0

값 7,000원

모아드림 기획시선 119

초담화

지도 시집

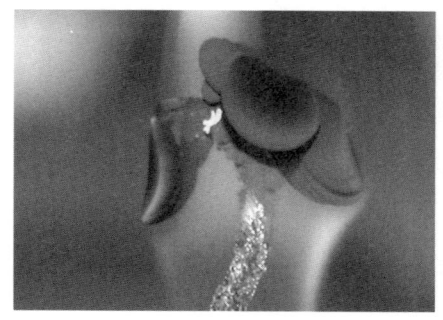

모아드림

더불어 함께하기에 아름다운 세상입니다.
더불어 함께 기뻐할 수 있기에 또한 아름다운 세상입니다.
더불어 함께 슬퍼할 수 있기에 더 더욱 아름다운 세상입니다.
더불어 함께 사랑할 수 있기에,
더불어 함께 사랑받을 수 있기에 이 세상 참으로 행복한,
아름다운 세상입니다.
이 산승도 출가 전의 방황과 갈등, 출가 후의 수도 생활과,
출출가 후의 고행, 난행, 만행의 여정을 한 자 시로서
더불어 함께하고자 이 시집을 엮게 되었습니다.
더불어 함께해주신 분들께 감사드립니다.

2009년 6월, 저자

차 례

시인의 말

아도我道 1
– 출가 전

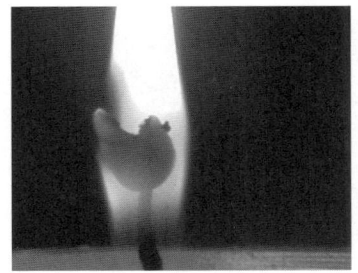

송백경암松栢庚岩

늘 푸른 저 소나무는
담백하기 그지없고
늘 푸른 저 잣나무는
그 절개가 굳세도다
하늘 향해 우뚝 솟은 저 바위는
그 자태 가히 장엄하니
우주공간 수놓는 저 별들은
구석을 비추는 참 보배로다

발심發心

불어오는 저 바람도 뜻있어 불건마는
천상천하 태어나서 내 할 노릇 잊었구나

흐르나는 저 구름도 제 갈길 가련마는
천상천하 홀로서서 내 갈 길을 묻는구나

바람 불고 구름 가니 천지자연 조화론데
천상천하 대 도의를 나만 홀로 못 받드네

외롬만이 벗이라

인간으로 태어나 가야할 길 있으련만
오늘자리 이맘자리 너무나도 외롭구나
불어오는 저 바람을 막을 길 없건마는
이내 갈 길 외롬 길을 어느 뉘 벗이 될꼬
하루하루 기다림이 가엾은 맘뿐이니
내일 자리 그 자리는 외롬만이 벗이로다

때를 기다린들

때를 기다린들
때가 돌아오랴
때를 잡으련들
때가 보이런가
다하는 그 마음에
돌고도니 보일러라

그대인줄 알았소

불어오는 바람이
하 시원하길래
그대 고운 소리 바람 된 줄 알았소

흘러가는 고운 구름이
하 고웁길래
그대 고운 얼굴 구름 된 줄 알았소

뿌리는 줄기줄기
하 달콤하길래
그대 고운 미소 땀이 된 줄 알았소

풍운우風雲雨한 모습
바로 님 아니신가

오고감에 무슨 말

올 때도 말이 없고
갈 때도 말이 없네

가고 옴에 말 없으니
오고 감에 말 있으랴

아

나는야 구름삿갓
그대는 바람

나도 님을 몰라라

흘러가는 고운 구름
제 생긴 곳 제 알을까
간다고 흐른다고
제 갈 길을 제 알을까
님의 갈 길 구름이듯
이내 갈 길 바람이어요
님이 나를 모르듯이
나도 님을 몰라라

저 별같이 살다가리

담백청정 저 솔나무
굳센 절개 저 잣나무
만고불변 푸르름아
만고강산 이맘이야

능수능란 매사치밀
빈틈없는 인생 살아
어리석고 우매해도
순박 정직 내 살으리

장엄풍도 바윗돌아
뚫을듯한 저 기상아
하나 되고 어울지어
한마음 되자스리

우주공간 수를 놓아
있을 자리 본자릴세
어둠 구석 불 밝히어
저별같이 살다가리

님만 두고 님 찾구나

천지만물 그 모든 것 놓일 자리 놓여있어
꽃 피고 바람오니 제 갈 길 가고지네

나의 자리 이 맘자린 누굴 위한 맘자리며
님의 자리 그 자리는 무얼 위한 맘자린가

천상천하 솟은 이 맘 제 갈 자린 어딜런가
뜻도 길도 취했으니 화롯불의 눈송일세

천상천하 홀로서서 사방팔방 둘러보니
풍운유수 구름삿갓 님만 두고 님 찾구나

정情

세간의 정이여
이 아픔 어찌할꼬
한 마음 굳게 세워 이내 정 끊어 볼까
바다 같은 깊은 은덕 무엇 가져 메워보며
태산 같은 님의 은혜 무엇으로 일궈지리
아.
나는야 어이타 벗어나지 못하는가
천지가 한없건만 내 머물 곳 없어라
아마도 갚을 길 님의 미소 그 뿐일러

아도我道 2

구인사 3층에서

푸른 하늘 하얀 구름 설법보전 나는데
동녘하늘 저 편에서 맑은 해 솟구친다
백화도량 연화지 골골마다 명당서고
초목간 울긋푸릇 청황빛 찬란하다
골골이 좁은 길로 오가는 이 몇몇인가
은은히 들려오는 풍경소리 상긋한데
오늘따라 이 맘자리 조용한 속세로다

초담화

아리고
쓰리고
아쓰린 맘

이 한 몸
가루 되고
이 한 맘
티끌 되어도

내 아픔
네 아픔

흐르고
흘러흘러

적시고
터지고

멍들고
깨져도

너(내) 기뻐할 수
있다면
너(내) 웃음 지을 수
있다면
너(내) 행복해 할 수
있다면

스스로 삼켜
다지고
스스로 태워
불사르고
스스로 밝혀
빛 이어라

너(내)웃음
너(내) 기쁨

아 아
아름답구나
꽃이여

나투어
다투어 피어나니
너(내) 이름
초담화

나그네 1

바랑하나 짊어지고 고뇌봇짐 동여매고
죽장하나 들고 가서 이 청산을 지나노니
청산은 옷을 벗어 이내육신 가려주고
풋풋한 향기 날려 깊은 시름 달래주네
산향화 향기 벗어 이내 피로 감싸주니
명경지수 흐르는 물 번뇌봇짐 닦아 주네

졸졸졸 지지배배 청음자성 좋고 좋아
지나가는 구름을 님인양 모셔다가
잔 없는 빈 잔을 권하거니 받자거니
일배일배 부일배 일배일배 부일배

끝없는 구도의 길 머나먼 행각의 길
끝없는 고뇌번뇌 잠시나마 벗어던져
산향화 뫼향주 모두 함께 어울려서
이 청산의 푸르름에 만고강산 되어보세

고뇌봇짐 풀어놓고
한 고뇌 두 고뇌 마셔보매 비워보세
벗뇌 봇짐 끌러놓고
세 번뇌 네 번뇌 따라놓고 비워보세
푸른 마음 내가되어 끝없는 구도의 길
머나먼 행각의 길 발걸음도 가벼운 양
구름 된 양 바람 된 양 길 떠나는 나그네

정천한해情天恨海

정 하늘이 없다면
임의 정도 없을 것을

한 바다가 없다면
임의 한도 없을 것을

아
정천한해가 끝없으니

임의 정한 또한
끝없으리

한 생각 님 생각에

웃음 머금다 사라지고
다시 미소 반갑구나
글을 읽고 생각 잠시 잠겨보니
하늘은 창창한데
하이얀 구름 가운데
네로구나
오늘한자 너를 그려
만리 창공 날려보니
아득한 저 허공에
온갖 꽃
네로구나

뜻 모아 하나 되니

뜻 모아 하나 되니
강산 절로 푸르른데

힘 모아 노래하니
동 서양이 춤을 춘다

어허둥둥 내 사랑아
우리 함께 놀아보세

만리 천산 나 홀로세

꿈 가운데 꿈 들어보니
모든 것 다 꿈 같은데
떠나버린 네 미소를
언제 다시 꿈에 볼꼬
구름 속에 앉은 이를
그다지도 그리더니
석양의 노송은 바람을 만났는데
꽃 같은 곱던 얼굴
검버섯도 좋으련만
꽃 피고 바람 부니 절로 향기 푸르련만
꽃도 피기 전 바람 먼저
후—울쩍
고운 미소 꽃도 향도
한 바탕 생몽일세
송백경암 푸른 뜻을 아는 이 중 하나련만
연화극락 다시 가니 만리천산 나 홀로세
바람이 춤을 추니

구름삿갓 돌아가고
구름이 하늘나니
만리천산 나 홀로세
훔.

하얀 눈 내림을 보고 한 수

봄비가
촉촉히 내리니
촉촉 하구요
여름 날
뜨거운 햇살
뜨뜨 하네요

가을 날
빨간 단풍
빨빨 하는데
겨울 날
하얀 눈
하하 하네요

맘 속에
심은 님
심심하고요

생각 타
알알줄 이
알알하네요

모습이
관음인 양
관관하는데 ,
달덩이
아름다워
아아 하네요

눈동자
총기 있어
총총하고요
웃음이
해맑아
해해 하는데

입술은
도톰해
도도 하네요

물같이 바람같이

청산 깊은 골
옥관 정 높이 세워
기화요초 벗하면서
흘러가는 고운 님
잠시 잠깐 렌트하여
만반 진수 옥잔 들고
일배 일배 부일배로
온갖 시름 달래면서
세상사 모든 일들 다
잊고 잊으며
물도 좋고 산도 좋아
물같이 바람같이
그냥
그렇게
살다가
가려 하네

우시雨時

바람이 되으셨소 그대 고운 소리
날리는 가락이 은빛여울 이뤘구려

구름이 되으셨소 그대 고운 얼굴
내리는 수운이 감로수 되었구려

연꽃이 되으셨소 그대 고운 미소
뿌리는 가락이 금련을 이뤘구려

아

아목내천은 중주은감련이건만
송백청심은 중주월천강이로다

그것은

그것은
왔다가
그저 와서
그저 가는 것
돌고 도는 윤회굴레
시작도 끝도 없는
그저 와서
그저 가는
그것은…

아도我道 3
−출가 이후

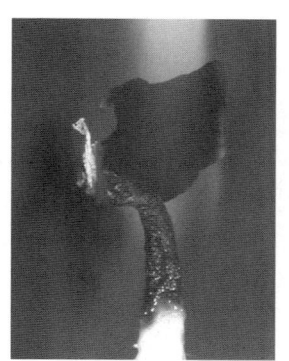

출가송 出家頌

일야에 일몽하니 온갖 산천 다 푸른데
구봉팔문 연화지 초목마다 님이로다
보이나니 동하나니 바로 내가 아닐런가
이심저심 다 동하니 산천초목 다佛이로세

그보다 못하겠느냐

하늘 향해
한 점 부끄럼 없이
담백청정 송백의 푸르름
그 맛 그 멋에 비길까마는
천지인지성심이 그 보다 못하겠느냐

하늘 향해
우뚝 솟은 저 바위의
장엄풍도에 비길까마는
천지인지성령이 그 보다 못하겠느냐

어둠 하늘 우주공간
수놓는 저 작은 별들의
밝은 자리 본 자리에 비길까마는
천지인지성명이 그 보다 못하겠느냐

도로아미타불일세

이 비렁 저 비렁 비렁비렁 빌은 삶아
네 것 내 것 빌은 통에 청산강산 대나무속
부귀영화 빌었던가 빈천무명 빌었던가
겨울 가고 봄이 오듯 돌고 도는 수레로다
님의 사랑 병이 들면 태백강산 되어지고
죽자 살자 하던 사랑 불타버린 재뿐일세
천상천하 뉘 것이며 유아독존 웬 말인가
더불어 내가 되고 더불어 네가 되네
빈집엘랑 채워야지 메마르면 뿌려야지
낮도 밤도 취한 중에 자고 닐어 깨쳐질까
금수강산 님 없으니 도로아미 타불일세

밝은 달 여여하네

이래도 가고
저래도 가네
가고 옴이 한 가진데
오고 감이 무어런가
세상 내 것 어딧는가
청산 주인 뉘이런가
물 같이 흐르고
구름 따라 흘러가니
바람은 불잖아도
꽃잎은 지고
물결은 일렁여도
밝은 달 여여하네

아도我道

한 나라를 돕는 것도 나요
한 나라를 망치는 것도 바로 나다
한 나라의 융성함도 나에 달렸고
한 나라의 쇠망함도 나에 달렸으니
한 나라가 살면 나도 살 것이요
한 나라가 멸하면 나도 장차 가리로다
대명천지 밝은 날에 이 한 물건 바로 가져
저 구석을 비추이는 작은 별이 되리라

그 자리 본 자리

떠나감도 그 자리요
머무름도 그 자릴세
둥글 둥글 저 달덩이
어데 간들 기울질까
밝고 밝은 저 달덩이
어디선들 다르올까
앉고 눕고 머무름에
그 자리가 본 자릴세

부모

태산 같은 높은 은덕
무엇으로 일궈질까
바다 같은 깊은 은혜
무엇 가져 메워질까
티끌 모아 비껴볼까
방울 물로 견줘볼까
아마도 갚을 길
님의 미소 그 뿐일러
불미불미 대불미

도충효예

도로써 체를 삼고
충으로 거름되고
효로써 가지 뻗쳐
예로써 열매 맺으리

조용한 속세

그립구나
그립도다
조용한 속세가...
육진의 소리
산천을 불태우고
심화의 소리
산천이 들끓으니
세상사
접어접어
두고두고
그리워라
그리워라
조용한 속세가...

니가 좋으면 내도

니가 좋으면 내도 좋고
니가 싫으면 내도 싫데이
니가 잘나면 내도 잘났고
니가 못나면 내도 못났데이
니가 기쁘면 내도 기쁘고
니가 슬프면 내도 슬프데이
니가 질투하면 내도 질투하고
니가 칭찬하면 내도 칭찬한데이
근데
니가 속이면
내 우이 속이노
참말로이…

청산 속에 창공을

청산은 말없이 살라는데
청산 넘 가벼웁고
창공은 티없이 살라는데
창공 넘 좁더구나
차라리
청산속에 창공을
집어놓고 어떠하리

절로 푸른 임의 미소

한번 가신 임이시야 언제 다시 오실손가
구름삿갓 임 못 뵈나 고운자태 절로 푸러
달덩이 같은 뽀얀 얼굴 그 가운데 임구려
가더라도 가시더라도 절로 푸른 임의 미소

관음기도

소극적인 삶에서 적극적인 삶으로
절망에서 희망으로
좌절에서 용기로
두려움에서 피안으로
불행한 삶에서 행복한 삶으로
불같은 성격에서 부드러운 성격으로
물같은 성격을 강인함으로
나쁜 습을 좋은 습으로
부정적인 생각을 긍정적인 생각으로
의심에서 믿음으로
미움에서 사랑으로
시기질투에서 격려양보로
시시비비를 이해와 사랑으로
탐욕불꽃을 보시와 베풂으로
어리석음을 지혜로움으로
두려움에서 피안으로
이 맘 저 맘을 한 마음으로

중생의 삶을 부처의 삶으로
그대로가 그대로니
의심 없이 거역 없이
그대로 실천 합시다

구인사 救仁寺

억조창생 제도중생
구인사
구할구 어질인 절사
어진 사람을 구한다
허나 어찌
어진 사람 구할 필요 있겠는가
이 산승 한 생각
어질게 맨들어 다 구한다는 뜻 아닐런지
어디서 이 구인사에서
어떻게
관음기도로써
그 마음을 어질고 어진 마음으로
바꾸어 제도한다는 뜻
탐내는 맘 녹여 베푸는 맘으로
성내는 맘 녹여 자비로운 미소로
어리석은 맘 녹여 지혜로운 맘으로
시기질투의 맘 녹여 이해와 사랑으로

불평불만의 맘 녹여 긍정적인 맘으로
소극적인 맘 녹여 적극적인 맘으로
불행의 맘 녹여 행복한 맘으로
좌절의 늪에서 용기로
불신의 맘 녹여 믿음으로
불안의 맘 녹여 평온으로
안 되는 맘 녹여 되는 맘으로
할 수 없는 맘 녹여 할 수 있는 맘으로
나쁜 맘 녹여 좋은 맘으로
다심에서 일심으로
하나도 냄김없이
그 맘을 어질고 어진 맘으로
바꾸어 구하겠다는 뜻 아닐런지
관음기도의 공덕으로

소백산小白山

소백이란
안과 밖이 하얀 산
곧 마음이라
마음은 불법이니
불법이 있는 산
..옴..
불법 없는 산은 어딨을 꼬
안은 어디고 밖은 어딘가
어디가 안이고 어디가 밖인가

소백이란
그 맘을 닦아
안도 밖도 없는
둘이 아닌 하나의 자리
그대로 본 자리 정 해지는 자리
소란 소이며
소란 마음이요

백이란 가득 참이니
마음이 산처럼 꽉 참을 일음이라

소백이란
마음이 가득 찬 대도 성취함을 이름 이니라

마음 가는 곳에

백설이 분분하고
백산이 천하에 자리하니
마음 가는 곳에 소백이 자리하도다
아, 뉠라서 이 맘 전해볼꼬
그립도다 구름 속에 앉은 이가
어느 하늘 하 청산에서
석양 노송이 바람을 만났는가
산 비렁뱅이 하나가 구름을 만나
하늘 바람 제 얻으니
송백 그대로가 경암이요
마음 가는 곳에 불광佛光이 천지로다

나그네 2

구름 팔아 님을 살까
님을 팔아 구름 살까

맑은 물 청솔하에
밝은 달 띄워 놓고

님 그린 봉 한 마리
청산을 돌고 도네

대가 되어야지

모로 가도 내 길이요
좌로 가도 이내 갈길
이 길 저 길 다 달라도
내 가는 길 옳도다
내 지어 내 받으니
내 갈 길 내 일일세
인간이 되었으니
대가 되어야지

님 향한 일편단심

썩은 송장 내음새에
베여있는 땀방울아
하루하루 정이드니
나도 송장 되어가네
푹푹한 그 내음을
님하 님은 알으오까
알룩 달룩 멍든 옷
썩은 송장 푸른 땀
그 중에도 먹으려고
밥상 들고 설치노니
땀 내음 송장 내음
모락모락 어울려오
허공중에 꽃이로다
허공 속에 연화로다
배곯음에 땀 흘리오
님을 향한 일편단심

일마다 허허

나고 죽음 생각 없어
옳고 그름 생각 없다
언제나 허허니
일마다 허허로다

미움이 없으니
사랑도 생각 없다
언제나 허허니
일마다 허허로다

시시비비 일 없으니
아부알력 일 없더라
언제나 허허니
일마다 허허로다

아도我道 5

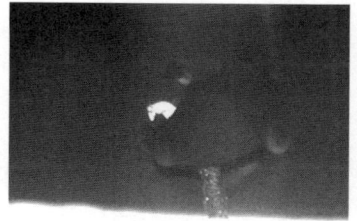

무얼 그리 애착는고

오실 때도 빈 손
가실 때도 빈 손
오감에 빈 손
무얼 그리 애착는고

살아감에 빈 몸
돌아감에 빈 몸
생사에 빈 몸
무얼 그리 애착는고

행할 때도 빈 맘
거할 때도 빈 맘
행거에 빈 맘
무얼 그리 애착는고

가타부타 하는가

보고 듣고
말 하는 것
그거다
내 것 이거늘
자기 소리
버려두고
남 소리
귀 기울이니
버려진
자기 소린
언제나
만나볼꼬
나의 소린
내 소리
어찌
가타부타 하는가

오늘따라 이맘도

산 비렁뱅이
산송장 닮아 가는데
오늘따라 이맘도
조용한 속세로다
백년광음 찰라이라
천년만년 부끄러워
하릴없이 앉은 빈 몸
물소리만
졸졸…

몽화夢化

허공 가운데 핀 꽃은
그대로가 헛꽃이요
헛것 가운데 든 꿈은
그대로가 헛 몽일세
세상사 어느 것
진 몽이며 진 꽃이랴
어리석은 우리네
몽화 속 몽화로다

정진만이

사나이 가는 길
눈보라 휘 몰아쳐도
사나이 머무는 곳
비바람 퍼 부어도
눈보라 탓 할 일 없고
비바람 탓 할 일 없다
눈보라 속에서
춤 한 번 크게 추고
비바람 속에서
크게 한 번 뒹굴어 보고
눈보라
심신 보양탕 삼고
비바람
정신 강화탕 삼아
자빠지고 멍들어도 보고
엎어지고 터져도 보고
허허

사나이 내딛는 길
후회란 없다
정진만 있을 뿐

괜히

자기소리
모른 이가
어찌타
남 소린
알손가
제 소리
홀로 소리
남 소리
호로 소리
괜히
정신을 파네

그 자리가 그 자릴세

세속을 떠나
법이 있고
세간 속에
법이 없나
세속을 떠남도
세속이요
세간에 머무름도
세속이라
이 자리가
이 자리요
그 자리가
그 자리네
…

산산산 산에 올라

돌돌돌 돌을 돌아 줄줄줄 즐기는데
솔솔솔 솔바람 살살살 불어주네
솔솔솔 초목돌아 청정심 더해주고
구름은 지붕 된 양 그늘을 지어주네
돌고 도는 바람이라 산향 내음 곱게 쓰고
줄줄줄 흐른 땀 향기 함께 어울지네
깍지 낀 두 무릎 명경이라 들여다보니
바위와 이내 몸 서로 함께 어울리네
드리우는 솔가지는 높고 높아 푸르른데
바라보는 이내 맘은 님을 두고 못내 그려
수도하는 고승인양 바윗랑 다시 올라
한손에 염주 굴려 먼데 산 바라보니
구름은 한가롭고 바람은 춤을 추네.

이미 아니더라

일 없는 사람이
일을 당하여
일없이 일이 되니
일은 이미
일이 아니더라

근심 없는 사람이
근심을 당하여
근심 없는 근심되니
근심 이미
근심이 아니더라

참 거짓

참인가
거짓인가
무엇이 참이고
무엇이 거짓 이런가
참과 거짓 속에서
살아가는 인생
참도 거짓도
그거다
환상심

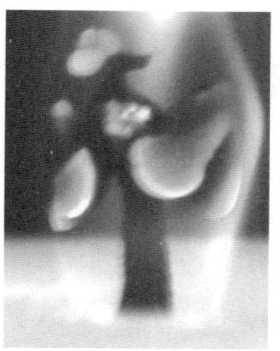

산사를 나서며

이미 산을 들었는데
산 걱정 다시 하랴

임사랑 무량함을
생각함에 눈물겹다

젊은 몸 젊은 맘
예와 갈 길 잃었도다

청산은 말이 없고

다지고 다져서
쓰고 또 쓰여서
고치고 또한 고쳐서
이 정성 저 정성 한데 모아
고이 접어 님 드리오니
님 보이잖고 불여귀만 울어주네
아
청산은 어디메냐
님
어느 하늘 하 청산에서
바람이 구름을 만났는가
청산은 말이 없고
물만 망망하구나

우리 님 미소일세

높고 높은 태산덩이
그 어느 때 긁어지며
깊고 깊은 바닷물은
그 어느 때 비워질꼬
쌓여지고 이룬 물
다 할 날 언제런가
아마도 긁고 비움 길
우리 님 미소일세

하늘 바람 내 얻으니

산 가운데 산을 들어
이 심 저 심 다 동하니
보이는 그대로가
실상이요
행하는 그대로가
법이로다
오늘 한 자 님을 그려
만리 창공 날려보니
천산의 마음구름
한 생각에 쓰러지고
하늘 바람 내 얻으니
이맘 이대로 소백이로다

말 뿐일세

말로서 지은 집은
말로서 무너지고
말로서 말 만드니
부질없는 말 뿐일세

귀 기울일 내 아닐세

바르고 밝은 길이라
님께서 명하셨거늘
내 어이 의심하여
이내 갈길 방황하는가
뜬세상 헛꽃이요
몽중에 몽이로다
바르고 바른 길
걷는 나에게
내일 날을 묻지 마라
뜬세상 헛소리에
귀 기울일 내 아닐세

불법佛法이란

불법이
무엇이냐

있는
그대로가 다
불법이라

불법이
무엇이냐

없는
그대로가 다
불법이라

불법이
무엇이냐

있고 없는
그대로가 다 이
불법이니라

불법佛法이란 2

자연이 자연 되어
자연 길 가는 것
자연도.

사람이 사람 되어
사람 길 가는 것
사람도.

자연의 도던
사람의 도던
다같이 하나로 통
불법.

불법이란

그 한 마음 잘 쓰는 법
그 한 마음 잘 활용하는 법

그 한 마음 잘 지키는 법
그 한 마음 잘 가꾸는 법
그 한 마음 하나 되는 법

객客

피고 지는 장미꽃엔
장미향이 그윽한데
떴다 지는 이내 몸엔
무슨 향이 어울릴꼬
주인 잃은 이 빈집에
길손이 배 곯구나

구인사救仁寺 2

구인사란
마음종자를 개발하는 곳

구인사란
마음종자를 계량하는 곳

구인사란
마음밭을 일구는 곳

구인사란
어진마음 한 마음
바로 제도 하는 곳

아도我道 7
– 출가사문

부처는 중생 속에서

부처는 중생 속에서 탄생하고
우주는 티끌 속에서 태어난다
불법은 번뇌 속에 자라고
연꽃은 흙탕물속에 자란다
극락은 지옥에서 나오고
불국토는 사바예토에서 나온다
광명은 어둠속에 나오고
지혜는 어리속음에서 나온다
보시는 탐욕에서 비롯되고
인욕은 성냄 속에서 비롯된다
행복은 불행 속에서 자라고
기쁨은 슬픔 속에서 자란다
사랑은 애욕가운데 싹트고
진실은 거짓 속에서 싹튼다
긍정은 부정 속에 있고
희망은 좌절가운데 있다
잘남은 못남 가운데 있고

좋은 것은 나쁜 가운데 있다
일심은 다심 속에 있고
일념은 다념 가운데 있다
이것은 저것에서
저것은 이것에서…

없음을 서러말고
있음을 자랑 말라
있음을 따르면
없음을 먼저 겪고
좋은 것을 따르면
나쁜 것이 먼저 오는 법
있고 없고 좋고 나쁨을
떠난 그 한자리
일체가 자리 한다네

산은 산이 아닌데

산은
오히려
산이 아니며

물은
오히려
물이 아닌데

산과 물은
별개의 것
아니런만
사람들은
저마다

산은 산
물은 물
하누나...

청산에 살고 지고

찻잔에 우주 담고
우주에 님을 담아

해인 청풍 지청향을
님과 함께 맛보고저

남은 세월
남은 세월
청산에 살고지고

청산에 살고지고...

만법을 밝혔으니

한 하늘 밝은 저 달
어데 간 들 안 비치랴

조사법등 밝은 등불
소백에만 비치오리까

만법을 밝혔으니
대명천지 다 밝구나

금강반야

지혜의 소리 일월에 우뚝 솟아 묵묵하고
한 줄기 자광은 금강정에 자리 하네
물 흐르듯 파도치듯 장광설 그 한 소식
세상사람 두두물물 금강 반야 이루도다

무無라

활활 타는 철판위에
어느 물건 댓방이냐

일천사해가 끓고
시방국토가 타고

돌이 타고 쇠가 녹고
사람이 타거늘

하물며 인간 맘
오죽이나 끓잖을까

무라
무라

대한민국大韓民國

정이 많아
한도 많고
정이 크니
한 또한 대한이라
정이 많고 큰 민족이니
한도 많아 한 많은 민족이라네

정이 많고
한도 많기에
가슴에 품은 웅지
또한 큰 민족이라네

동방민족국민성으로
온갖 시련을 이겨내고
무궁의 진리로
하나의 민족을 형성하니
하나의 큰 나라

대-한민국이라네

삭발염의

세속의 모든 것을 버리고
세속의 모든 삶을 버리고
세속의 모든 탐착을 버리고

다 버리고
다 벗어버리고
다 털어버리고

무명의 무상초를 잘라내고
무명의 번뇌초를 잘라내고
무명의 시시비비초를 잘라내고
무명의 아부알력초를 잘라내고

다 자르고
다 잘라내고
다 잘라버리고

마음속에 애욕 떠난 사문으로
세속에 물듦이 없는 출가인으로
재물을 탐하지 않는 무소유의 삶으로
무염으로 생활하는 승려의 삶으로…

정천한해情天恨海 2

정 하늘에 드는 듯
한 하늘에 이르네

정으로 지어져
한 한없이 이루네

정이 없다면
한도 없을 것을

괜히

정情을 들어
한恨 한만 이루네

구봉 팔문九峯八門

금계가 포란하여 지키고 또한 지켜지니
수리봉 수리대는 수리수리 마하수리로다

구봉구공 구봉마다 법명등法明燈밝고 빛나니
팔방자재 팔통문이 자광자력 계명이로다

연화금강 이 한자리 억조창생 성발처요
각자 각자 각각이 육문 상방 자금광 이루도다

내가 없다면 일체도 없다

부처가 없다면 중생도 없고
우주가 없다면 티끌도 없다
불법이 없다면 번뇌도 없고
연꽃이 없다면 흙탕물도 없다
극락이 없다면 지옥도 없고
불국토가 없다면 사바예토도 없다
광명이 없다면 어둠도 없고
지혜가 없다면 어리석음도 없다
보시가 없다면 탐욕도 없고
인욕이 없다면 성냄도 없다
행복이 없다면 불행도 없고
기쁨이 없다면 슬픔도 없다
사랑이 없다면 애욕도 없고
긍정이 없다면 부정도 없다
믿음이 없다면 불신도 없고
진실이 없다면 거짓도 없다
잘남이 없다면 못남도 없고

좋은 것이 없다면 나쁜 것도 없다
일심이 없다면 다심도 없고
일념이 없다면 다념도 없다
이것이 없다면 저것도 없고
저것이 없다면 이것도 없다
부처다
조사다
불법이다
극락, 지옥, 불국토, 사바예토, 광명도, 어둠도, 믿
음도, 불신도
내가 있기에 모두가 있는 것
내가 없다면 일체가 없다

아신我信
아수我修
아불我佛
옴.

수행修行이란

수개극행修皆尅行이요
닦을 수, 수행이 그것이요
막을 수, 수행이 그것이요
지킬 수, 수행이 그것이요
받을 수, 수행이 그것이요
물 수, 수행이 그것이요
빼어날 수, 수행이 그것이요
머리 수, 수행이 그것이요
펼 수, 수행이 그것이니라

나의 수행은 지금
어디에 와 있는가…

찰라찰라 정토일세

좋은 자리 인연자리 어디 따로 있겠는가

지금여기 있는 자리 이 한자리 있을 뿐

내 가는 이 한자리 내 머문 이 한자리

앉고 눕고 머무름에 찰라 찰라 정토일세

출활가出活歌

한때는 기쁨 속에 한없이 기뻐했고
한때는 슬픔 속에 한없이 슬퍼했소
한때는 희망 속에 한없이 행복했고
한때는 후회 속에 한없이 후회했소
한때는 웃음 속에 한없이 즐거웠고
한때는 아픔 속에 한없이 아파했소

맘 구석 오해 속에 한없이 괴로웠고
가슴구석 불신 속에 한없이 번민하며
맘 구석 가슴구석 구구절절 애태웠소

번뇌 즉 보리요 망상 즉 정각이라
관음묘지력 능구세간고 하니
고우면 고운대로 살자고
미우면 미운대로 살자고
기쁘면 기쁜대로 살자고
아프면 아픈대로 살자고

그냥 그대로 그렇게
그냥 이대로 이렇게
살자고
살자고
살자고…

불미불미 대불미
불미불미 대불미

출도가出道歌

가진 것 없으니 잃을 것도 없고
잃을 것 없으니 무슨 걱정 있으랴
이 세상 내 것 없어 무엇에 집착하랴
가진 것 이 몸 하나 가난타 하지만
한량없는 도심이야 그 무엇이 부러우랴

명예가 무엇이고 지위가 무엇인가
이익은 무엇이고 이름 또한 무엇인가
일체만법 텅텅텅 무슨 생각 있으랴

천년을 사나 만년을 사나
세상 내 것 어딨는가
잘나면 얼마나 못나면 또 얼마나
잘나도 중이요 못나도 중인 것을
히히껄껄 배부름 혹 내일 날을 어찌할꼬
땅속에서 비 내리니 하늘이 젖는구나
바룻대 누더기 한 벌 어딜 가나 족하거늘

사나이 대장부 밥 한 그릇 걱정하랴
태어남이 즐거운데 돌아감을 걱정하랴
대명천지 밝은 날에 살아감이 즐거운데
불생불멸 이 국토에 노후걱정 웬 말인가
족하고 족하거늘 다시무엇 구할건가
달팽이뿔 이 자리서 무슨 자웅 겨룰 건가
부럽잖아 부럽잖아 무슨 허물 있으리오
웃습구나 웃습도다 소를 타고 소 찾으니
가자꾸나 가자꾸나 조용한 속세로

배고프고 아픈 이몸 눈비 속에 뒹굴고
누더기 한 벌 일월청풍 변함없는 벗이 되니
이와 같은 큰 기쁨을 어디 다시 찾아들꼬

가자꾸나 가자꾸나 조용한 속세로

불미불미 대불미
불미불미 대불미

청산에 달 가리라

말 없는 청산이요
티 없는 창공이라

말도 없고
티도 없으니
그 무엇에 맘을 두랴

나는야
구름삿갓
청산에 달 가리라

예와 잠시

보아도 본 바가 없는 듯

들어도 들은 바 없는 듯

육경근진 허덕인 삶

예와 잠시 쉬어 가노라

버리고 비우니

버리고 버리니
천 삼라지만상이 텅 비었고

비우고 비우니
천 삼라지만상이 가득 찼구나

한 생각 한 행동
전체가 하나 되어 탕탕하고

하나가 전체되어
둥근 달 이루도다

닫힌 가운데 자유를
― 토굴에서

창살 없는 토굴 속에
육근경진에 끄달리고

창살 있는 토굴 속에
육근경진 모두가 한가롭구나

닫잖아도 닫혀있고
열잖아도 열려있어

열린 가운데 고뇌를
닫힌 가운데 자유를

즐기노라

놓고 다 놓으니

놓고 다 놓으니
내가 나를 믿을 수밖에

맡기고 다 맡기니
내가 나를 믿게 할 밖에

놓고 놓고 다
놓으니

천 삼라지만상
푸르고 푸르구나

하늘도
물도
산도

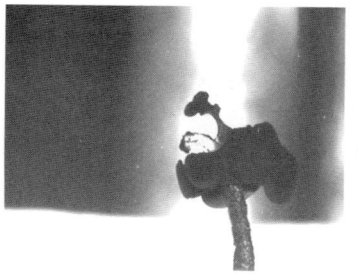

아도我道 9

자기자신 自神

이 세상에서
가장 훌륭한 신을
가장 거룩한 신을
가장 멋진 신을
부처님보다도
어느 성현보다도 더
더욱 더 거룩한 신

그 신을 각자 각자가
가지고 있으니
그 신이 누구신가
다름 아닌
바로
자기 자신이니라

자기 자신이
자신감을 가지면

일체를 이룰 수 있고

자신감을 잃어버리면
일체를 다 이룰 수 없다

자기 자신을
믿어라
사랑하라
될 수 있고
할 수 있다
그것이 바로
자기 자신의 힘인 것이다
옴.

구인救仁 금강 반야로세

가는 자리 자리마다 구인이 자리하니
이제자리 자리마다 연화금강 이로다

도처마다 각각마다 백화향기 펼쳐지니
세상사람 모두모두 믿고 의지 하도다

오늘자리 자리마다 소백이 자리하니
지금여기 자리마다 불법이 천지로다

처처마다 곳곳마다 불광이 자리하니
세상사람 모두모두 금강 반야 이루도다

지도암 토굴 속

지도암 토굴 속 천 삼라지만상은
나와 더불어 한 바탕 춤추고
한 바닷물 술이 되어 크게 한 번 비워보니
일팔월 토굴속이 찰라 순간 스쳐가네

금강반야 조화공

끊임없이 쉼 없이 돌고 또 돌아가니
죄와 복도 시도 비도 자리할 틈 없는 것을

육경근진 끄달린 삶 쉴새 없이 힘들었고
육경근진 끄달린 삶 쉴새없이 놀렸으니

바다 속 모래알 숫자놀음 헤매이며
부질없는 한 생각 풍진 노릇 얼마인가
가득차고 텅 빈 것이 둥근 달 한 바퀴요
세상 내것 어딧는가 버리고 갈 뿐인데
공연히 한 맘 내어 객진번뇌 끄달렸네

채울 것도 비울 것도 버릴 것도 없는 것을
유주무주 일체무유 금강 반야 조화 공이로다

백천강하 만계류

백천강하 만계류
동귀대해 일미수라

흘러 흘러 돌고 돌아
한 바다에 이르듯이

탐진치 삶 우여곡절 다 겪어도
끝내 끝끝내 본 자리에 들도다

누구누구 할 것 없이

번뇌가 있으므로 깨달음 또한 있고
흙탕물 있기에 연꽃 또한 피는구나

맘을 가진 이들이여 법해의 바다에서
출렁출렁 찰싹찰싹 진주를 캐려무나

마음하나 생각하나 행동하나 씀씀이가
그대로 구도의 진주처 되니

여기에 끄달림을 괴로워 말고
저기에 끄달림을 슬퍼마라

일체만물 만령들이 동귀대해 법해주하니
누구누구 할 것 없이 모두 성불 하리로다

한 생각 뜻대로

이 꽃 저 꽃 여러 꽃이
이 곳 저 곳 뿌려져

다른 자리 새 모습으로
화하여 나타나듯

한 생각 시시마다 그대로 화하여
각기 다른 새 모습 나투게 되는 것

못남과 슬픔을 실망 말고
잘남과 기쁨에 자랑 말라

한 생각 생각마다 원대로 나투고
한 생각 생각마다 뜻대로 피어짐을...

우담발화

천겁의 사랑
끊임없이 흘러 흘러

우주세상 만상화가
각각이 나툼 일세

천만년 겁 속을
불지(佛知)의 인고 속에

아름다운 미묘한 꽃으로
나투어 피어나니

이 몸 이대로 우담이요
그 모습 그대로 발화이로다

날마다 좋은 날 만드소서

천 삼라지만상 가로지른 광명의 빛이
깜깜한 어둠 한 찰라에 밝혀 주듯
갑갑하고 답답했던 설움과 인연업과도
밝고 밝은 그 한 생각에 모두 사라지리
언제나 오늘 만 같으리오
오늘은 이렇게 살았으니
내일은 웃으며 살날들 있겠지
날마다 날마다 좋은 날 만드소서

세상을 무대로

세상을 무대로

세상의 주인으로

세상과 함께

세상을 품어보리

부처 보살

더함도 덜 함도 없이
처처시시 근기대로 부처주니 부처요

좋고 나쁨 없이
보살피고 보살펴 주니 보살이라

육신의 곳곳마다
아니 계신 곳 없으시니 부처요

육신의 처처마다
살피고 보호하니 보살이로다

내 맘 속 천지화天地花

앙상한 겨울가지 봄이오니 파릇파릇
꽁꽁 언 강물들도 봄이오니 흘러 흘러
오늘자리 이한자리 허허한 토굴 속에
어느덧 벌써 내 맘속 천지화 싹트네

천지를 담고 우주를 품으리

좋은 자리 인연자리 어디 따로 있겠는가
나그네 한 철 인생 내 것 없는 이 세상

그 무엇을 집착하고 그 무엇에 마음 두랴
지금 여기 있는 자리 그 한 자리 있을 뿐

내 가는 그 한 자리 내 머문 이 한 자리
앉고 눕고 머무름에 찰라찰라 인연일세

바람 불면 부는대로 물 흐르면 흐른대로
부는 데로 불려가고 흐른 데로 흘러가면

그 뿐

바람을 탓하랴 물을 탓하랴
인연 따라 다가와서 인연 따라 가면

그 뿐

한 철 살다 가는 인생 한 그릇에 천지를 담고
또 한 그릇에 우주를 품으리

비로소 내가 나임을
− 토굴 속에서

출가 전
한 날 밤 한 잠 널어 한 하는 바라보며
산천초목 다 부처(佛)임을 알았노라

일육년 수행 중에
내가 누군지 알려고도 않았노라

해인의 삼사일
나를 보고도 나를 알지 못 하였노라

사방 탁 막막 토굴 속
비로소 내 속에 내 있음을

비로소 내가 나 임을 알았노라

인연은 업과로세

사람은 사람끼리
동물은 동물끼리

콩은 콩
팥은 팥끼리

예전에 뿌린 씨앗
오늘의 모습으로 나투니

씨 뿌리 가지 잎이
하나의 모습 다름 없구나

유유는 상종하고
인연은 업과로다

백양산 상왕봉서 암도 스님과 한 수

— 05 만행중

대명천지 밝은 날
삼불정광 백화양화(三佛正光 白華洋花)
선불입성 운문암(禪佛入性 雲門巖)
청량원주 조화공(淸亮院住 造化空)

지자무자 운문암(知者無者 雲門巖)
구암중구 불성괌(九巖衆救 佛性괌)
만산조복 봉상왕(萬山調伏 峰像旺)
천지운정 운문광(天地運精 雲門巖)

운불입성 운문암(運佛入性 雲門巖)
견자견불 불견자(見者見佛 佛見者)
자성자견 지가지(自性自見 知可知)
귀의관지 지가지(歸依觀止 知可知)

일성중무 암데도(一聲衆無 巖데도)
우성중유 암데나(又聲衆有 巖데나)

객진번뇌 가락국(客塵煩惱 駕洛國)
명월공산 휴휴거(明月空山 休休居)

가다가다 머문 자리
생사방임 여래당
가다가다 누운 자리
생사방임 해탈당

암도 모르고
지도 모르고
암
자지관지
지가지지

암
도
도란 말이야
뭘…

달 빛 아래

― 토굴 속에서

맞추기도 어렵고
맞춰주기도 어렵구나

맞추고
맞춰줄 것 없는 자리

밝은 하늘 맑은 구름
달 빛 아래 새롭구나

명월산 홍국에서

대명천지 광명천지 일월강산 다 밝은 날
두 팔 크게 쭈욱 펴고 크게 한번 웃어볼제
삼천 대천 세계들이 이한자리 들고나니
명월강산 홍국에서 쉬어가려 하노메라

갈거나 갈거나

갈거나 갈거나
백운 따라 갈까나

흘러가는 구름 따라
막힘없는 바람 따라

묶을 수도 없는 구름
잡을 수도 없는 바람

누가 나를 붙잡을 꼬
누가 나를 묶을건가

갈거나 갈거나
구름 따라 바람처럼

밝고밝구나 자기심보 자신보여

자신 이미
자신심보(自神心寶)를 갖추었고

자기 이미
자기신보(自己神寶)를 갖추었으니

누가 누구에게 구원받고
누가 누구를 구원하리오

스스로 구원 되었고
스스로 구인 되었으니

누가 누구에게 의지하고
누가 누구에게 빌어야하리

자신심보 자광명(慈光明)하고
자기신보 자금광(慈金光)하니

밝고 밝구나
자기심보 자신보여

가장 든든 도반일세

부정적인 이 한 생각
안 된다는 이 한 생각
어둡다는 이 한 생각

가장 두려운 적이 되고

긍정적인 그 한 생각
다 된다는 그 한 생각
밝고 밝은 그 한 생각

가장 든든 도반일세

되고
안 되고에
맘 두지 마라
밝고 밝은 그 한 생각
그대로 금강연화로세

맘은 몸을 몸은 맘을

맘은
몸을 수행하고

몸은 다시
맘을 수행하니

맘이
몸을 제도하고

몸이 다시
맘을 제도 한다네

몸과 맘 그대로
처처시 수행이요

맘과 몸 이대로
해탈성불 열반당이로다

한때는

한때는 좋은 일도 있다가
한때는 나쁜 일도 있었고
한때는 기쁜 일도 있다가
한때는 슬픈 일도 있었고
한때는 그렇게도 살다가
한때는 이렇게도 살았노라

생노병사 그 가운데
희노애락 당연한 것
근심에도 속지 말고
기쁨에도 속지 말고
좋고 나쁨에 속지 말라

기쁨을 원하면
슬픔 먼저 달려오네
좋은 일도 기쁜 일도
맘에 두지 말게나

한 때
이 한 때만
허허하며 지내세나

지혜의 칼을 휘둘러

지혜의 칼을 휘둘러
무거운 짐 벗게 되니
사해의 바닷물 한 숨에 들이키고
우주를 가슴에 안은 듯
당당하고 탕탕하구나

지혜의 칼을 휘둘러
온갖 시시비비를 잘라
일체 고뇌의 짐 벗어 버리고
장부의 길 걸어가니
천하에 두려울 것 없구나

흘러흘러 가노메라
― 만행 중에

바깥 속 고뇌 속을 허덕이며 살아가나
안으로 한가로이 신선놀음 즐기노라

세상사 이미 정한 이치거늘
과거의 씨앗을 무엇으로 바꿀까나

예전의 종자는 이 몸으로 화했으니
절러절로 꽃 피워 각각이 향기로세

세상사 억지로 되는 법 없으니
공짜 또한 어딧을고

되는 것도 법 안 되는 것도 법
이대로 저대로 되어지는 대로

물처럼 바람같이
흘러흘러 가노메라

하늘에서 꽃 피우고

하늘에서
꽃
피고

땅 속에서
비
내리니

마음 가는 곳에
천지가
자리하고

마음 머문 곳에
만화가
향그럽구나

관세음보살

관세음보살이란
세간의 소리를 본다
어떠한 소린가
고통 받는 소리
괴로워하는 소리
두려워하는 소리를
보아라

그리하여 보살
보살펴라
보살피어라
보살펴주어서
보살

보살도를 실천하고
보살도를 닦아라
앉은자리 그 한자린

아무나 할 수 있지만
보살펴주는 실천행은
누구나 다 할 수 있는 것
아니라네

앉은 자리 그 한 자리서
무슨 맘을 다스리겠는가
생활하는 그 한 자리서
참을 줄도 알고
베풀 줄도 알고
헌신할 줄 알아야
보살도를 실천하게 되는 것
그러한 맘을 움직여주는 힘이
관세음보살 정근이라네

관세음보살 2

관세음보살이란

내 소리
내 내면의 소리를 보라

내 속의
무수한 중생들의

고통 받는 소리를
보라

괴로워하는 소리를
보라

내 자신이 아파하는 소리를
보라

그래서 보살
깨달으라

고통에서 벗어나
해탈의 소리를 보라

괴로움에서 벗어나
희열락 소리를 보라

관세음보살 3

관세음보살이란

관세음보살
외면의 소리를 보고
보살도를 실천하니

관세음보살
내 면의 자성의 소리를 관하여
깨달음을 이루네

이러한 정진의 힘
쌓이고 쌓여
임의용지 자유자재
하게 되니

바로
관자재보살이어라

밝고 밝은 이 한 세상

어제 오늘 내일 또한
밝고 밝은 광명인데

오늘자리 지금자리
둥글둥글 기쁨일세

여기저기 햇님달님
웃음소리 가득하니

누구누구 할것없는
밝고밝은 이한세상